Albrecht

Zur Geschichte des Bauernkrieges im Elsass

Albrecht

Zur Geschichte des Bauernkrieges im Elsass

Unveränderter Nachdruck der Originalausgabe von 1876.

1. Auflage 2024 | ISBN: 978-3-38640-537-9

Antigonos Verlag ist ein Imprint der Outlook Verlagsgesellschaft mbH.

Verlag: Outlook Verlag GmbH, Zeilweg 44, 60439 Frankfurt, Deutschland
Vertretungsberechtigt: E. Roepke, Zeilweg 44, 60439 Frankfurt, Deutschland
Druck: Libri Plureos GmbH, Friedensallee 273, 22763 Hamburg, Deutschland

Zur

Geschichte des Bauernkrieges

im Elsaß.

Vortrag, gehalten im Vogesenclub in Straßburg

von

Conrector Dr. Albrecht.

Straßburg,
C. F. Schmidt'sche Universitäts-Buchhandlung (Friedr. Bull).
1876.

Zur
Geschichte des Bauernkrieges im Elsaß.

Geehrte Anwesende!

Gestatten Sie mir, die Vogesen nicht zum Ziel, sondern nur zur Grenze der Bemerkungen zu setzen, für welche ich mir am heutigen Abend Ihre Geduld erbitte. Es gilt die große sociale Bewegung des Bauernkrieges von 1525 hier auf ihrem Grenzgebiete zu betrachten: merkwürdig genug, daß dieselbe sich scharf innerhalb der Vogesengrenze hält, während doch in unserer Zeit die sociale Frage sich wenig an natürliche oder politische Grenzsteine kehrt, auch das ein Zeichen, wie dürftig es in jener Zeit noch mit dem Austausch zwischen den Nationen bestellt war.

Es möge nicht befremden, wenn ich vom Bauern=krieg als einer socialen Revolution spreche, da wir doch noch immer gewohnt sind, denselben im engsten Zu=sammenhang mit der Lutherschen Reformation zu be=trachten. Die kirchliche Reform ist indeß nur einer der Hebel, welche jene Masse ins Rollen brachten, und nur irrige oder parteiische Auffassung hat sie zur hauptsächlichen oder gar alleinigen Triebfeder des Bauernaufruhrs ge=macht. Sie verhält sich zum großen Bauernkrieg etwa so, wie die Wiedergeburt Preußens zu der nationalen Erhebung Deutschlands, sie fallen zeitlich zusammen und viele Fäden spinnen sich zwischen ihnen, aber es wäre irrig, sie schlechthin zusammenzuwerfen. Vielmehr gährt es schon lange vor der Reformation in den Bauernschaften. Die Hinrichtung einzelner Führer ändert nichts, hie und da tauchen Genossenschaften auf, die Käsebröder in den Niederlanden, der Bundschuh im Bisthum Speier und in Baden, aber in den Herrschaften war die Meinung dadurch nur befestigt worden, man müsse die Zügel schärfer anziehen bei dem Lastthiere der Gesellschaft, dem Bauern. Die Bauern der Grafen von Lupfen und Fürstenberg klagen im Jahre 1524, „daß sie zu dem noch weder Feier noch Ruh möchten haben, vielmehr am Feiertag und mitten in der Ernte müßten sie der Gräfin Schneckenhäuslein suchen, (um) Garn darauf zu winden und für sie Erdbeer, Kriesen und Schlehen gewinnen und anderes dergleichen thun, den Herren und Frauen werken bei gutem Wetter, ihnen selber im Unwetter und das Gejägd und die Hunde liefern ohne Achtung einigen Schadens." Die hier gemeinte Gräfin ist Helena von Rappoltstein, die Gemahlin des Grafen von Lupfen, gar unähnlich ihrer Schwägerin, der Gräfin Anna Alexandrine von Rappoltstein, geborenen Gräfin von Fürstenberg, die ihrem Sohne Egenolf mit mütterlicher Vermahnung einen Bericht seines Vaters über den Bauernkrieg zuschickt: „Ach mein lieber Sohn, so befehle ich Dir Deine Unterthanen und alle die Dir von Gott zugethan sind, in Deinen Schutz und Schirm, daß Du ihr Vater seist in dieser Zeit und ihnen in allen Nöthen vorstehest und treulich in allen Beistand thuest, wie ich Dir denn zuvor oft auch gesagt habe, daß Du Dir solches sehr angelegen sein lassest und es nicht länger und mehr verzogen werde, weil es fürwahr Zeit ist, ehe denn der Zorn Gottes anbrenne, der denn nicht leichtlich zu stillen ist, wie man in der Geschichte viel sieht, und ehe er denn mit der Strafe komme, als mit Pestilenz, Hunger,

Krieg und wie Gott sonst pflegt zu strafen." Solche
Naturen aber wie die fromme Gräfin und ihr Gemahl
Ulrich waren selten unter den vielen regierenden Herren
des arg zersplitterten Landes. Unter einem Brief des
Landvogts Jacob von Mörsberg und Beffort, der damals Namens Römisch Kaiserlicher Majestät Unter-
Elsaß regierte (der Brief datirt Hagenau Mittwoch nach
Palmarum 12. April 1525), finde ich gleichsam als
Motto den frivolen Vers: rustica gens est optima
flens et pessima gaudens. d. h. etwa: Weint der
Bauer, so steht es gut, doch übel, freut sich die Bauern-
brut. Schon von Alters her waren der Bauern Thrä-
nen geflossen um des Zehenten willen, der auf Grund
der alttestamentlichen Einsetzung ihnen auferlegt war,
mehr noch um der Dienste willen, zu denen sie für be-
stimmte Wochentage verpflichtet waren. Wenig Zeit
blieb ihnen für die Bestellung des eigenen Feldes und
der Ertrag ihrer Ernte wurde ihnen noch gefährdet
durch das Wild, das aus den herrschaftlichen Wäldern
ausbrach. Kaum war es dem Landmann gestattet mit
Knütteln Nachts die gefräßigen Gäste zurückzuscheuchen,
mit andern Waffen dem Schwarzwild oder den Hirschen
nachzustellen war ein todeswürdiges Verbrechen an dem
Jagdrecht der Herrschaft. Diese letztere hatte fast den
ganzen Waldbestand an sich gezogen und der Bezug
von Bauholz, Brennholz und Waldstreu war den Gemeinden nur als eine Gnadengabe in sehr beschränktem
Maße gewährt. Manche Wiese, mancher Acker, der
sonst zur Almend gehört hatte, war wie die Wälder
den Gemeinden nach und nach entrissen worden und so
führten sie in drückender Armuth ein dumpfes, von
keinem Strahle menschlicher Gesittung erhelltes Leben.
Das Schlimmste aber kam nach dem Tode des Bauers-
mannes. Der Herr beanspruchte den Todfall, das
heißt ein Stück der Verlassenschaft als Gefäll oder
Steuer. Unter den verschiedensten Namen erscheint

diese Steuer, die gerade dann, wenn Leid und Trauer um den Hausvater die Wittwen und Waisen nieder- drückten, am aller empfindlichsten an eine schimpfliche Unterthanenschaft erinnerte. Der Name der todten Hand haftete ihr in einigen Gegenden an, angeblich, weil von einem ganz Besitzlosen nach dem Tode eine Hand abgehauen wurde, damit wenigstens die verstüm- melte Leiche das Eigenthumsrecht des Herrn bezeuge. An andern Orten erscheint sie unter dem Namen Best- haupt, weil der Herr das beste Haupt aus der Heerde des Verstorbenen auswählte, wieder an andern Orten als Gewand-Fall, wenn unter den Kleidern Auswahl gehalten wurde, als Beutetheil oder Antheil, als Ge- läß, d. h. aus der Verlassenschaft ausgewählte Beute, — so ist die Menge der Namen ein Merkmal für die weite Verbreitung und die Verschiedenheit der Formen, unter denen diese bemüthigende Steuer die ehemals freien Bauern daran erinnerte, daß sie seit Jahrhun- derten zu Unterthanen der Ritter, Grafen, Bischöfe, Städte und Fürsten herabgesunken waren.

Seit Jahrhunderten waren diese Steuern eingetrieben worden, hatten diese Zustände bestanden. Wie kam es nun, daß gerade damals am Ende des 15. Jahrhunderts der lang verhaltene Grimm in mehrfachen Erhebungen losbrach, daß gerade an der Jahreswende 1524|25 die Empörung so furchtbar aufloderte? 1476 und 1491 finden wir den Aufruhr im Bisthum Speyer, 1493 im Breisgau und Elsaß, 1498—1503 am Main und Rhein, 1514 in Württemberg. Das Beispiel der Schweizer Städte und Bauern, welche im Jahre 1476 im glor- reichen Kampfe der Burgunder Angriff zurückgeschlagen hatten und, über den Jura niedersteigend, in blutigem Ringen bei Nancy die Macht Karl's des Kühnen nieder- warfen — das Beispiel dieser Schweizer und ihr Ruhm vermochten wohl den Einwohnern des Elsaß, des Klett- gau und des Hegäu die eigne Niedrigkeit beschämender und den Wunsch nach besserem, menschenwürdigerem Dasein drängender zu machen. Allein der Schweizer Kriegsruhm wurde in den entfernteren Kreisen doch nur wie ein fremder Ton vernommen, er weckte in Franken und Thüringen nicht zur Nachahmung auf. Wir müssen uns also nach Gründen umsehen, die in jenen Leuten und ihren Umgebungen selber enthalten sind und diese finden wir in der großartigen Veränderung, welche die ganze feudale Welt in jener Zeit der Entdeckung Amerikas durchzumachen hatte.

Seit der Berührung mit der neuen Welt ging in dem wirthschaftlichen Leben der alten eine vollständige Veränderung vor sich. Neue ungeahnte Reichthümer strömten auf neuen Verkehrswegen herbei und in den Handelsstädten entfaltete sich diese neue Kraft in reichem Luxus. Es war die Zeit, in der die Fugger ihre Reich= thümer aufhäuften, groß genug, um einem Kaiser den Kamin mit Zimmet anzufüllen und mit Schuldverschrei= bungen anzuzünden. Wer ehedem für reich gegolten hatte, fing an, als ein mäßig Begüterter gerechnet zu werden, neue Maßstäbe für alle Werthe bürgerten sich ein. Den Prunk der städtischen Kaufherren konnten vielleicht die Fürsten an ihren Höfen nachahmen, welche gegen den Kapitalbesitz ihr großes Grundeigenthum und ihre fürstliche Vergangenheit in die Wagschale zu werfen hatten. Was aber konnte dagegen der Bettelstolz des verarmten und doch so vornehmen Adels einsetzen? Der leidige Stolz zwang die Herren, das kostbare Pelzwerk, die Gold= und Silberstoffe der Städter um theures Geld einzu= kaufen, wenn sie am Fürstenhofe oder beim Ritt in die Stadt angesehen werden wollten, und baares Geld war mehr als je zuvor ein bringendes Bedürfniß und ein selten gefundener Artikel in den Burgen. Woher es nehmen? Da blieb nichts anderes übrig, als die alten Mittel stärker auszunutzen, wenn sich dem sinkenden Stande die Einsicht entzog, daß man neue Mittel an=

wenden müsse, um neuen Gegnern sich zu stellen. So wurden denn die Gülten und Pachterträge gesteigert, die Frohnden vermehrt und damit die Wurzeln des ritterlichen Reichthums untergraben. Ihr Einkommen floß ihnen aus dem Ertrag der Ernten und der Zinse. Aber konnte man die Ernten vermehren, wenn man den Bauer auch noch so stark preßte? So schuf man Un=zufriedene, ohne darum selbst zufrieden gestellt zu werden.

Und das geschah in einer Zeit, in welcher der Bauer zum ersten Male sich seiner Kraft bewußt geworden war. Als Lanzknecht war er im Dienste der Fürsten, des Adels, der Städte ausgezogen, im französischen Sold kämpften die handfesten Gesellen wie im Solde des Kaisers, auf allen europäischen Schlachtfeldern waren sie zu finden. Die schwergewappneten Ritterheere waren mehr als einmal zerstoben, wenn die neumodische Ord=nung der Landsknechte die Speere zum Ansturm senkte und das neumodische Feldgeschütz seine Kugeln unter sie gehen ließ. Was Wunder, wenn die Bauern, aus deren Mitte die tapferen Lanzknechte fast ausschließlich sich rekrutirten, mit anderen Augen auf ihre Herren zu sehen begannen? Der Zauber der Ueberlegenheit war dem schwergepanzerten Reiter genommen, das Uebergewicht, welches die Furcht der Unterdrückten verleiht, dem ritter=lichen Stande. Auch die finanziellen Nöthe des letzte=ren waren durch diesen Umschwung des Kriegswesens bedeutend vermehrt worden. Kraut und Loth waren theure Artikel, an die Stelle der selbstgeschnitzten Arm=brust waren die schweren Büchsen und Karthaunen ge=treten. Nicht jedermann wußte sie zu handhaben, Büchsen=meister und Constabel waren gesuchte Leute und endlich war die Beschädigung der ritterlichen Burgen im Fall einer Belagerung eine viel gründlichere als bisher. Man denke nur an die Belagerungsscene in Goethe's Götz. Nach kurzer Belagerung ist den Eingeschlossenen das Blei ausgegangen, so daß sie Dachrinnen und Fensterfassungen

einschmelzen müssen; Götz befragt der Knechte einen:
Wie steht's Pulver? und die Antwort lautet: „So ziem=
lich, wir sparen unsere Schüsse wohl aus"; und als die
Belagerten mit Gewehr und Rüstung abziehen wollen,
heißt Götz sie die besten Büchsen statt der den Knechten
gehörenden aus dem Rüstschrank nehmen, es gehe in
Einem hin. In diesen kurzen Scenen des Dichters liegt
ein ganzes Stück Kriegsgeschichte und zugleich auch Kul=
turgeschichte eingeschlossen. Ein Adel also, der bei aller
Armuth doch seine hohen Ansprüche an sich und Andere
aufrecht hielt, dem die innere Kraft abhanden gekommen
war und der doch die äußeren Anforderungen an die
Unterthanen steigerte, trieb während jener Zeit einer
gesellschaftlichen Umgestaltung den Bauer zur Verzweiflung,
zur Empörung.

Und wie wäre es anders als durch Gewalt möglich
gewesen, Abhülfe zu finden wider die Willkür der Herr=
schaften? Furchtbar rächte sich damals an der Nation
die Vergessenheit, in welche man die alten Volksrechte
und Gerichte hatte kommen lassen. Ein frembes Recht,
das römische, war gerade in jener Zeit mehr und mehr
zur Geltung gekommen. Unter anderer Sonne gereift,
auf andere Anschauungen vom Staate und der Gesell=
schaft begründet, war es der Masse der Bevölkerung
immer ein frembes geblieben. Da saßen sie in der Stadt
im schwarzen Talar und fanden das Urtheil nach aus=
ländischem Brauch in schwerverständlicher Sprache. Selten
genug mochte der Spruch zu Gunsten der Unterthanen
ausfallen, auf jeden Fall aber waren schwere Sporteln
zu entrichten, für den Verurtheilten eine doppelte Strafe.
So erklärt sich der tiefe Widerwille der Bauern damali=
ger Zeit gegen die Gerichtshöfe, so erklärt sich auch der
Entschluß, mit Gewalt sich ein Recht zu suchen. Höch=
stens von dem persönlichen guten Willen des Kaisers
konnte der Landmann eine Besserung erwarten und es
spricht ebensosehr für die unverwüstliche Treue der Unter=

thanen, wenn sie von dem weitentfernten Herrscher sich
Gutes versprachen, wie für die gutmüthige Leutseligkeit
des habsburgischen Maximilian, wenn er trotz der vielen
unglücklichen Kriege, geführt im Interesse nicht des Rei=
ches, sondern des Hauses Habsburg, doch eine populäre
Person geblieben war. Auch sonst wohl ist es leicht er=
klärlich, wenn der abwesende Kaiser als die Quelle der
Gerechtigkeit erschien gegenüber mancher Unbill der täglich
vor Augen verkehrenden kleinen Herrn. Darum mag es
nicht befremblich erscheinen, wenn vielfach in den Bauern=
unruhen die Versicherung laut wird, nur der Kaiser sei
eine von Gott gesetzte Obrigkeit, nur ihm wollten sie
gehorchen. Aber zu des Kaisers Ohr brang dieser Ruf
nicht, und Maximilian's Nachfolger, selbst wenn er ihn
gehört hätte, er hätte ihn nicht verstanden, er war ein
Frember, halb Niederländer, halb Spanier und ein ganzer
Habsburger, Karl V. Höchstens der Bruder Karl's,
Erzherzog Ferdinand von Oesterreich, achtete mit schärfe=
rem Auge auf das unruhige Zucken im Bauernstande,
und suchte die Bewegung für seine dynastischen Interessen
zu nützen. Noch nicht voll aufgeklärt ist die Rolle, die
er gegenüber den Vorbereitungen zum Kampfe gespielt
hat, sicher ist nur das eine, daß auch er Egoist genug
war, um die Bauern nur insoweit gewähren zu lassen,
als es eben in seine Pläne paßte. Auch da also war
keine Hülfe. So etwa standen die Sachen, als in den
aufgehäuften Zunder der Funke der Reformation fiel.

Die Bauernkämpfe vor der Reformation sind wesent=
lich andere als nach derselben. Zu der Nothwehr der
Einzelnen gegen unleiblichen Druck kam durch die Re=
formation eine große, wenn auch mißverstandene Idee
von der persönlichen Freiheit. Wohl verstanden die
Reformatoren dieselbe rein geistig und innerlich, aber
ist es ein Wunder, daß die Bauern in ihrer jammer=
vollen Lage sich an die buchstäbliche Deutung der hei=
ligen Schrift hielten? In diesem ersten und ewigen

Volksbuche stand nichts von Hierarchie, von Scheidung des geistlichen und des Laienstandes, nichts von dem Reichthum, den die Kirche aufgehäuft hatte und durch schwere Zinse jährlich vermehrte. Die Anfänge des Christenthums wurden plötzlich in die Erinnerung ge=bracht. Auch das Christenthum selber hatte bei seinem Eintritt in die Welt nichts anders sein wollen als die Predigt von einem Reiche nicht von dieser Welt, und doch — wie viel Irrung heftete sich gleich an die Schritte seiner ersten Missionare, und vollends später, wie sehr war doch die Lehre der Geistig=Armen zugleich der Trost und die Waffe der Weltlich=Gedrückten. Eine große gesellschaftliche Umwälzung vollzog sich neben und im Zusammenhang mit der Ausbreitung des Christen=thums. Nicht anders ging es in der Reformations=periode. Der sinkende und der emporsteigende Stand, Ritterstand und Bauernschaft, beide schwammen in dem Alleserfassenden Strome des reformatorischen Gedankens. Franz von Sickingen und Ulrich von Hutten glaubten im evangelischen Geiste zu handeln, wenn sie für die vereinigte Ritterschaft einen aussichtslosen Kampf gegen die Landesfürsten unternahmen, und auch die Bauern wähnten diesem Gedanken zu dienen, wenn sie gegen ihre Herren sich erhoben, obgleich doch die Voraus=setzungen ihres Thuns und Treibens auf ganz anderen Gebieten lagen.

So kam es zum Ausbruch. Zuerst in Schwaben, wo die Vertreibung des ungefügen Herzog Ulrich alle Hoffnungen erregt und die darauf folgende österreichische Regierung dieselben gründlich enttäuscht hatte. Dort ist die Heimat der zwölf Artikel, die als ein Katechismus der Bauernforderungen bald in allen Landschaften, auch hier im Elsaß diskutirt, wurden. Darin wird in Kürze unter steter Berufung auf Citate des alten und neuen Testamentes gefordert, „eine ganze Gemeinde solle einen Pfarrer selbst wählen und kiesen, auch Gewalt haben, denselben wieder zu entsetzen, wenn er sich ungebürlich hielte. Der erwählte Pfarrer solle uns das Evangelium lauter und klar predigen ohne allen Zusatz, Menschenlehre und Gebot. 2) Nur der rechte Kornzehnt solle ferner entrichtet werden, der im alten Testament verordnet sei, der kleine Zehnt aber sei ein unziemlicher Zehnt, den die Menschen erdichtet haben, denn Gott der Herr hat das Vieh frei dem Menschen erschaffen. 3) Sie wollen nicht mehr für Eigenleute gelten, „sintemal Christus uns alle mit seinem kostbaren vergossenen Blut erlöst und erkauft hat. Die Schrift lehrt, daß wir frei sind und wir wollen frei sein. Nicht daß wir gar frei sein, keine Obrigkeit haben wollten, das lehrt uns Gott nicht“. Gerne wollten sie ihrer gewählten und von Gott gesetzten Obrigkeit in allen ziemlichen und christlichen Sachen gehorsam sein. 4) Wildpret, Geflügel und Fische sollen frei sein, 5) die Beholzung solle ziemlicher Weise geordnet werden, 6) die Beschwerung mit Diensten beschränkt werden, 7) der Bauer solle nicht gezwungen werden, wozu er nicht laut Vereinigung des Herrn und des Bauern verpflichtet ist. Was darüber hinausgeht, soll um einen ziemlichen Pfennig geleistet werden. Der achte Artikel wünscht eine Neuordnung der Gülte nach Billigkeit, dem neunten zufolge sollen die willkürlichen Strafen aufhören, im zehnten fordern sie Wiesen und Aecker, die man den Gemeinden entfremdet hat, zurück, der Todfall endlich solle ganz aufhören und der zwölfte Artikel fordert, daß alle diese Sätze nach der Schrift geprüft werden sollen und falls sie hieraus widerlegt werden können, sollen sie abgethan sein, anders nicht.“ Um diese Artikel ward hin und her verhandelt, den ganzen Winter 1524 zu 25 hindurch, von den einen in guter ehrlicher Absicht, von den andern um Zeit zu gewinnen, um nach vollendeter Rüstung das kategorische Nein sprechen zu können. Bis in die Osterzeit 1525 ließ sich die aufgeregte Menge täuschen, dann aber brach es furchtbar los. Unerhörte Gräuel verübten die schwäbischen Bauern in Weinsberg, die fränkischen am Main, zerstörend fuhr der Thüringer Haufe unter Thomas Münzer einher und mit unerhörter Härte kam die Vergeltung. Der schwäbische Bund im Süden, der Markgraf Kasimir von Brandenburg in Franken, die sächsischen Fürsten in Thüringen übten erbarmungslos, nicht Gericht, sondern Rache. Das geschah im Monat Mai und Juni des Jahres 1525. Im Mai war auch hier im Elsaß die blutige Entscheidung gefallen, dahin wende ich mich nun.

Mehr als irgendwo anders kam es im Elsaß darauf an, welche Stellung das Bürgerthum einnehmen würde. Denn zahlreich waren die freien Städte des Reiches groß und klein über die Landgrafschaft ausgestreut und nicht der Bischof, nicht der kaiserliche Landvogt in Ensisheim noch sein Amtsgenoß in Hagenau, sondern die großen Städte besaßen das entscheidende Gewicht im Lande. Da wurde es verhängnißvoll, daß Luther sich wider die Bauern erklärte und seine Anhänger, damals die leitenden Staatsmänner Straßburg's, durch seine Stimme von einem thätigen Eingreifen abhielt. So blieb Straßburg neutral, mit ihm die wirklich bedeutenden Städte. Aber in der Masse der Bürger gährte es lebhaft, darüber geben die Akten unseres Stadtarchivs interessantes Zeugniß. Aus diesen kann ich Ihnen vielleicht einiges neue mittheilen zu dem, was der Fleiß der einheimischen Antiquare bereits zusammengestellt hat.

26. Juli 1524 meldet zuerst der Vogt von Dorlisheim, eine Versammlung der Bauern habe auf der niedern Matt zu Ottrott statt gehabt, dort hätten sie einen Erdhaufen aufgeschüttet für die Prädicanten, um da zu predigen. Bald darnach schreibt der Vogt von Ettenheim, der Landvogt und das Regiment im obern Elsaß lasse werben und nicht lange währt's, so schreibt ein ehrsamer Ritter an den Magistrat der Stadt,

um ihr seinen ritterlichen Dienst und die beträchtliche
Streitmacht von zwei Pferden anzubieten. Die Söldner
sind die Sturmvögel, die das nahende Ungewitter ver=
künden. Auf den Straßen wird es unsicher. Christoph
von Thann hat einen Gefangenen aufgegriffen, der viel=
leicht wichtiges für die Stadt Straßburg aussagen kann,
er bittet, einen vertrauten Mann zu schicken, der das
Verhör leite. Solche Gefangenenaussagen werden eifrig
notirt und an die interessirten Parteien versendet. So
liegt im Jahre 1525 zu Basel im Gefängniß Hans
Ulmann von Schlettstadt, der mit seinen Genossen auf
dem Ungersberg Verabredung getroffen hat. Der Berg,
auch Hungerberg genannt, ist vielleicht um seines Namens
willen mit harmlosem Galgenhumor gewählt worden,
wenigstens wissen wir, daß an der Spitze des badischen
armen Konrad ein von der Brüderschaft erwählter Vogt
stand, der den Neuaufgenommenen in scheinbarem Thoren=
spiel einige Stücke Feldes am Hungerberg, in der Fehl=
halde, am Bettelrain anwies. Jener Hans Ulmann,
bekennt, er habe drei Artikel vorgenommen, nemlich:
„da der gemeyn man mit dem geistlichen gericht und
briefen zu Bann in merklichen kosten keme vnd etlich
lang zitt darinn lege, wölten sy mit samt irem Anhän=
gern zu dem Bogt von Epfich kehren, in der Hoffnung,
daß denn das Gericht durch den Bischof von Straß=
burg abgestellt werden würde. Sodann wollen sie das
Hofgericht zu Rottweil abstellen, durch das auch nit
wenig zu Acht bracht, vßclagt vnd der arm Man ver=
trieben werde. Zum dritten so waren Inen die Juden
zu nahe gesessen, von denen sie auch großen Zwang und
Uebermuth mit Irem Wucher litten, dieselben wollten
sie auch vertreiben.“ Diese stark rabulistischen Anschläge
gewinnen an Interesse, wenn man findet, daß das hand=
schriftliche große Buch der Stadt Freiburg und die
Edelsasser Chronik des Herzog zum Jahre 1493 fast
wörtlich genau dieselben Anschläge erzählen, die in einem

damaligen Bauernaufruhr im Breisgau und in dem Schlettstadter Landstrich erhoben wurden. Braucht es eines bessern Beweises für die Behauptung, daß dieser Aufruhr zunächst mit der Reformation gar nichts zu thun hatte? Wie im Jahre 1493 die Bauern und Rebleute von Schlettstadt, so war auch im Jahre 1525 Hans Ulmann und die Seinen gewillt, „ihren Herrn noch Obern weiter noch fürter kein Steuer, Zoll oder Gewerf zu geben, denn allein jede Person 4 Pfennige; wer sich dawider setze, den wollen sie erstechen." Den Priestern, die mehr als eine Pfründe haben, wollen sie nur eine im Werth von etwa 40—50 fl. lassen und das übrige für sich selber einziehen. Hans Ulmann erzählt, 4—500 Mann aus Schlettstadt seien bereit, die Stadt ihnen zu überliefern, seien sie drin, dann den Stadtschatz theilen, wollten sie ein Banner mit einem Bundschuh, dem alten Bauernwappen, auch aufwerfen. Bei den Eidgenossen wollen sie sich Rath und Hilfe holen. Sie schwören die Genossen geheim zu halten und niemand zu beichten, damit es eben auch in der Beichte nicht auskäme. Aber ihre Vorsicht war vergebens, der Anschlag wurde entdeckt und das Häuflein zerstob. Solche und ähnliche Vorgänge haben wir uns allüberall im Lande zu denken; nicht überall lief die Sache so ruhig aus.

Im Sundgau trat ein Geistlicher, Johannes Berner zu Hellfranzkirch, auf und predigte von den Rechten des Christenmenschen. Trefflich war ihm der Boden bereitet worden durch Thomas Münzer und seine Sendlinge, die Jahrs zuvor in Oberdeutschland zu wirken begonnen hatten. Zu ihm gesellte sich Matthes Nidhart von Escholzweiler. Aus der Kirche wird eine Processionsfahne geholt, auf der Straße sammeln sich um sie die Lanzknechte. Unkundig dessen, was sie thun sollen, plündern sie zuerst in ihrer Zügellosigkeit das Haus ihres Anführers. Verwüstend ziehen sie umher. Die Herren des oberen Bundes können zu keinerlei Schluß kommen, nur daß sie Ensisheim für den Kriegsfall ausrüsten, den Sitz des österreichischen Landvogts Graf Wilhelm von Rappoltstein. Dorthin flüchtet sich die Geistlichkeit, nicht bloß der Umgegend, auch den Weihbischof von Straßburg finden wir dort; der Bischof selber hielt sich in Mainz auf, da er auch Coadjutor des Erzbisthums Mainz war und mit seinen Bauern dort eben so schwere Arbeit hatte, wie sein Weihbischof Johann Ortwein im elsässischen Bisthum. Aus der Stadt Ensisheim sandte man hinaus zu den umherziehenden Haufen mit der Mahnung, sie sollten heim gehen. Die Antwort lautete, man drücke sie zu hart, sie wollten selbst Meister und frei sein. Ihr Eid verhindere sie daran, sich zu tren=nen und daheim die gütliche Beilegung des Haders abzu=warten. Das läßt eine ganze Organisation voraussetzen, die allerdings nur durch das lose Band eines gegen=seitigen Treuversprechens gehalten war. Eine andere feste Ordnung läßt sich bei jenen Sundgauer Aufstän=dischen nicht nachweisen; wie ein Ameisenhaufen wimmelt es durcheinander; vor den Thoren der Städte zieht bald der, bald jener Haufe vorüber. Von dem Thanner Schloß wurde auf jeden Trupp geschossen, der eben in den Be=reich kam. Anders wirkten diese Vorbeizüge in den Städten. Die Schmiedezunft von Mülhausen wurde warm bei dem kriegerischen Lärm; den Hof der Abtei zu Lützel wollten sie plündern, mit Mühe hielt der Magistrat sie von dem tollen Beginnen ab. Zu den Bauern gesellten sich 3000 Eidgenossen, welche wider den Willen ihrer Herren aus der Heimat gelaufen waren; der monatliche Sold von 4 fl. lockte die Schweizer jener Zeit so gut in den Dienst der Herren wie der Bauern. Das Fähnlein der ganzen Schaar war von weißem Seidenstoff; mit Gold war Christi Name darauf gemalt. Geldbeiträge wurden dazu geheischt mit dem Vers:.

Steuert zum Fähnlein der Gerechtigkeit,
Uns armen Bauern zur Seligkeit.

So schwoll der Haufe und bald hören wir von seinen Thaten. Am 29. April wurde Kloster Schönensteinbach geplündert und in Asche gelegt, ihm folgen Oehlenberg und Ottmarstein. Auch Murbach wird verwüstet und den Herren des oberen Bundes wird es schwül auf ihren Schlössern. In kleinen Trupps plänkeln sie mit den Bauern, erfolglos wird hie und da Blut vergossen, der Anblick der unentschlossenen Gewalt hilft der Empörung nur noch mehr. Vergebens kommen die Rathsherren von Kaisersberg und Schlettstadt zur Vermittelung nach Ensisheim, vergebens die Abgeordneten von Basel und Mülhausen. Vielmehr treten jetzt auch Städte auf die Seite der Bauern, vor allen die, in welchen die Zunft der Gärtner oder der Rebleute ein Uebergewicht ausübte. Sulz und Gebweiler sind die ersten, auch in ihren Mauern werden Klöster und Priesterhäuser geplündert.

Weiter rheinabwärts wiederholt sich das Schauspiel. Die Bauern aus der Gegend von Reichenweiher fallen über Bux her, einen Pfleghof der Abtei Peiris und der Vogt von Reichenweier erhält auf die vorwurfsvolle Frage, warum sie dies ohne Geheiß der Obrigkeit gethan hätten, die Antwort, es sei besser, sie hätten den Wein getrunken, als daß fremde Bauern es gethan hätten. Das Kloster Ebersheimmünster wurde eingenommen von den Gästen, die sich im wilden Humor zum Abendimbiß geladen hatten. Dort wurde das Hauptquartier eines Haufens, auf dessen Fähnlein die Worte standen: Gottes Wort bleibet ewig, aufgeschlagen. Aus Truttenhausen, aus Ittenweiler kam Zuzug, und klagend wandte sich die Aebtissin von Andlau an ihre Schirmherren in Straßburg, daß der Haufe sie überfallen und das Kloster bedrohe. Eilends ritten die Boten der Straßburger Herren gen Andlau und mahnten die Bauern, sich der Straßburger

2)

Schutzbefohlnen und ihres Eigenthums zu enthalten. Mür=
risch mögen sie gehorcht haben, aber sie gehorchten doch und
holten sich Ersatz an anderen Orten. An den Straß=
burger Magistrat schrieben sie, ihr Auftreten, das einiger
niedergeschriebner Artikel halb stattfinde, sei allein gegen
die Klöster, die Mönche und Pfaffen gerichtet, die seit
Jahren auf mancherlei Weise mit den Bauern ihren
Muthwillen getrieben hätten; diese wolle der Aufstand
dahin bringen, daß sie sich auf den guten Weg kehren
und auch den Bauern ihn zeigen sollten. Im Anfang
Mai rücken sie das Land hinauf und mit den dortigen
Haufen vereinigt erscheinen sie vor Reichenweier, aber
sie müssen sich begnügen, daß man ihnen Wein vors
Thor hinaus schickte und die Zugbrücke geschlossen hielt.
Die Gemeinde hatte allerdings vorher geschworen, sich
gegenseitig Leben, Ehre und Gut vertheidigen zu helfen,
aber mehr als der Eid hielt sie wohl der württem=
bergische Vogt von Reichenweier, Sebastian Link, vom
Uebertritt zu den Bauern ab. Wenn er die Einzelnen
mahnte, bekam er schnöde Antwort: Ich habe kein
Pulver oder keinen Stein, welche gern auf die Bauern
schössen, ich habe keine Hallebarbe, die auf sie schlagen,
keinen Spieß, der sie stechen mochte. Endlich kamen sie
überein, den Uebertritt zu den Bauern abhängig zu
machen von dem Beispiel Oberbergheims und Rappolts=
weilers. Dahin wendet sich der Zug.

Aus Rappoltsweiler haben wir den treuherzigen Be=
richt des Grafen Ulrich v. Rappoltstein, den sein Vater, der
Landvogt, auf den dortigen Schlössern zurückgelassen
hatte. Seine Lage war schwierig. Gerüchte über einen
Ueberfall von Seiten des Landvogts machten den Sohn
verdächtig in den Augen der Bürger, die um ihres
Ackerbaues und Weinbaues willen sich zu den Bauern
hingezogen fühlten. Die Bürger einigen sich tumul=
tuarisch, sie besetzen die Thore, und Graf Ulrich mit
seinem adeligen Gesinde ist ein halber Gefangener. Der

Wein, welchen die Juden in der Stadt liegen haben, fällt den tapferen Bürgern als erstes Opfer zu und im halben Rausch ernennen sie einen Ausschuß von 40 Mann mit 4 Hauptleuten, gearbeitet wird wenig, getrunken desto mehr und in kluger Vorsicht läßt Herr Ulrich 5 Centner Fleisch kochen und 4 Viertel Mehl verbacken, so daß er wenigstens mit ihnen auf gutem Fuße und sie in verhandlungsfähigem Zustande blieben, aber den Eid, den sie von ihm begehrten, weigerte er standhaft. Jetzt nun kommen die Bauern heran, Verwüstung mit ihnen. Das Kloster Hugshofen und der Tempelhof von Bergheim, die Abtei Peiris und Alsbach bezeichneten mit ihren Trümmern ihren Weg. Die Glocken und Kirchengefäße wurden geraubt, die Papiere und Bücher zerrissen und in roher Zerstörungswuth der Dächer und Fenster nicht geschont. Noch aber hören wir wenigstens nichts von Blutvergießen. Die meisten Dörfer schlossen sich willig an, der dritte Mann folgte dem Haufen; am 8. Mai erschienen sie vor Rappoltsweiler, an der Spitze Wolf Wagner von Rheinau und andere, darunter ein Mann von Rappoltsweiler selbst, den Graf Ulrich ihnen als Parlamentär entgegengeschickt hatte. Der Graf redet mit den Führern: „daß sie das Evangelium nit verstehen, ich verstand es baß denn sie noch all ihr Haufen. Ich hab das auch nit drin gelesen." Er droht, das Geschütz feuern zu lassen: „Hoch genug wär gut kriegisch," spottet sein Unterredner über den Ernst dieser Drohung. Aber noch ziehen sie ab. Am 12. Mai nehmen sie erst Bergheim, am Freitag, 13. Mai, erscheinen sie zum zweiten Male vor Rappoltsweiler. Die Hauptleute werden zur Verhandlung von den Bürgern eingelassen, aber während sie noch handelten, kam der Thorhüter und sagte, die Bauern fingen an, die Reben abzuschneiden und das Lager aufzuschlagen, und darauf hin war Ulrich der Seinen nicht mehr Meister. Der Portner, so erzählt Ulrich, fragt: „ob er

sie sollt hereinlassen? sagt ich, ich will es dich nit heißen,
ich bin nicht Meister und ritt davon auf den Markt:
da sagt ich zu etlichen: Ihr habt sie wollen herein
haben; habt ihrs gut gemacht, so werdet ihrs wohl
sehen; ihr habt euch eine Ruth über euren Buckel ge=
macht. Da schrie Zinnagel, es wär' sein Will nit ge=
wesen. Da sagt ich: hättest du und andere Knaben
vorher dazu geschaut, so wärs besser worden, aber wie
ihrs gemacht hant, so habts. Gott geb euch eine gute
Nacht." Also sind sie hereingelassen worden zwischen 5
und 6 und also den 14. Tag des Morgens am Samstag
eingezogen.

Noch am selben Tage kamen sie vor Reichenweier
an, das ihnen jetzt seine Thore öffnete und 9 Ochsen
zur Bewirthung des Bauernheeres daran gab; aber
zwanzig Fuder Weines nahmen sich die Bauern selber
aus dem Keller der Geistlichen und des Zehenthofes.
Die Stadt stellte 30 Mann zum Bauernheere; darunter
war Ekkard Wiegersheim, der Verfasser eines werth=
vollen Berichtes über die Schlacht von Scherrweiler, der
er als Augenzeuge beiwohnte. Am 9. Mai endlich er=
gab sich auch nach einem kurzen Versuche der Gegen=
wehr Kaisersberg und im obern Elsaß und im Sunt=
gau hatte demnach der Aufruhr an den Städten einen
festen Rückhalt gewonnen.

Anders war der Verlauf der Dinge im untern Elsaß,
wo das mächtige Straßburg die Bauern in Respect
hielt. Auch in Straßburg aber waren die Keime des
Unfriedens in den Zünften der Gartner und der Metzger,
d. h. also derer, die durch ihr Handwerk mit den Bauern
in nahe Berührung gebracht wurden. Ein Gartner
aus Straßburg, Namens Clemens Seich, trat sogar als
Reiseapostel in der Gegend von Dorlisheim auf und
legte auf seine Art das Gleichniß vom Unkraut unter
dem Weizen aus: den Pfarrer von Dorlisheim, An=
dreas Prunulus, läßt er aufknüpfen, als ihm sein Ab=

mahnen läftig wurde. Vergebens bot Niclaus Ziegler
von Ziegelberg, damals Befiter der Herrfchaft Barr,
den Unterthanen eine Verringerung an, Zins und Gülten:
er konnte fie nicht damit in Ruhe erhalten und wie im
Süden Ebersheimmünfter, fo ward hier Klofter Altorf
im Breufchthale das Hauptquartier der wilden Menge.
Von da breitet fich der Aufruhr weiter aus. Die Abteien
Neuburg, St. Walpurg, die Nonnenklöfter Königsbruck
und Biblisheim, die Stiftsherrnhäufer in Surburg fallen
ihnen zum Opfer, und die reiche Beute lockte nach und
nach an die 20,000 Mann herbei aus den Reichsdörfern
und aus dem hanau-liechtenbergifchen Lande. Schon
faßte ein Lager die Zahl der Auffländifchen nicht mehr
und Altorf, Stephansfelden und Neuburg wurden die
Hauptorte.

Von Neuenburg aus leitete Erasmus Gerber den
Anfchluß der neuen Bundesgenoffen und die weiteren
Anfchläge. Hier aber ftellte fich das bürgerliche Ele=
ment ihnen entgegen oder entzog fich wenigftens ihrer
Einwirkung. Ein Handftreich auf Hagenau wurde ver=
eitelt durch den Landvogt Jakob von Mörsberg und
Beffort, der dort feinen Sitz hatte, und nur in Zabern
und in Weißenburg gelang es den Bauern. Aus
Zabern meldet Afchermittwoch 1525 Wolfgang Koller
an feine Herren Meifter und Rath von Straßburg,
daß die Canonici aus der Stadt herausgelaffen worden
feien und daß die Bürger alle ihre Gerechtigkeit wieder
haben wollten: „Wune und Weid und was gemeinen
Chriften gebürt, und liegen bei einander auf den Stuben
zu Zabern und vermeinen zu erlangen durch bitt all
obgefchrieben Ding; allerding fteht dabei: ob nichts
durch Bitt gefchehen möcht, vermeinen fie mit göttlichem
Recht und gemeiner Hand zu erlangen". Durch Bitten
war allerdings von dem weitentfernten Bifchof wenig
zu gewinnen, zumal in jener Zeit; fo fchloffen fie fich
denn den Bauern an und thaten ihnen ihre Thore auf.

In Weißenburg war seit langer Zeit ein Zwist zwischen der Bürgerschaft und dem Abte dem Eintritt der Bauernschaft günstig. Aus dem pfälzischen und aus dem Cleeburger Amt bildete sich in der Nähe Weißenburgs ein Haufen, der dem Magistrate bedenklich wurde. Er versammelte also am Jubilatesonntag die Gemeinde und nahm ihr einen Eid ab, daß sie den Bauern nicht anhangen wolle, auch kein Pulver oder Geschütz ihnen verabfolgen. Aber bedenklicher wurde die Lage als auf die ersten brüderlichen Einladungen des Neuenburger und des Cleeburger Haufens die Drohung folgte, sie würden so arg als möglich hausen und alle Reben und Weingärten um Weißenburg herum abhauen. Diese Drohung brachte in der Stadt schon einigen Tumult hervor, und der Rath mußte die Klöster von bewaffneten Bürgern besetzen lassen, um sie vor weiterer Plünderung zu bewahren. In diese Unruhe hinein kam die Bitte der Bauern, welche das Schloß St. Remig an der Lauter belagerten, das dem Abt von Weißenburg gehörig unter pfälzischer Oberhoheit stand; dieselben begehrten Pulver und Geschütz. Den unruhigen Rebleuten gegenüber wagte der Magistrat nicht Nein zu sagen und trotz des eben erst geleisteten Eides wurden die Büchsen gewährt. Aber der Magistrat war fein pfiffig. Er beredete den Büchsenmeister Hans Pfeuersheim, daß er etwas am Geschirr und Zug verderbe, und so verging ein Tag, ehe man auch nur eine einzige Halbkarthaune bis zur Landauer Vorstadt schleppte. Am nächsten Tag führte sie die aufgeregte Schaar weiter, obgleich sich Schloß Remig auch ohne die Mitwirkung dieser Artillerie inzwischen ergeben hatte. Es ging in Flammen auf. Die Bauern selber gewannen die Stadt nicht, auch als sie es später mit Gewalt versuchten; dafür halfen die unruhigen Geister in der Stadt wenigstens so weit, daß Weißenburg ihnen nirgends hinderlich im Wege stand. Anders aber ging es mit Straßburg.

Hier hatte der Rath von Anfang an Alles wohl vorgesehen. Die Thore wurden behütet durch Bürger und Dienstknechte, und auch in der Stadt waren die Zunftstuben beständig von Bewaffneten besetzt. Die strenge Ordnung war um der vielen Fremden willen erforderlich; geistliche Herren und Bauern, Männer, Weiber und Kinder waren in großer Zahl nach der Stadt gekommen, und gastfrei hatte sie den Evangelischen wie den Katholiken ein Asyl gewährt. Allen Fleiß wendete der Rath an, um zu vermitteln, freilich ein vergebliches, aber doch löbliches Unternehmen. Die Straßburgischen Theologen Butzer, Kapito und Hedio zogen mit des Raths Genehmigung nach Altorf, als die Bauern sie eingeladen hatten: „ihnen eyn christlichen trost und bystand zu thun, zu verfechten das Wort gots vor den inryssenden zuckenden Wölffen, die das Kätzerey schelten, selbige mit sampt unsern Brüdern, die wir bei uns haben, zu unterweisen und die armen, dieses Worts durstig und begirig, zu stärken in einem rechten christlichen Frieden". Die Sache verlief freilich anders als die Bauern erwartet hatten. Sie hatten auf eine fröhliche Disputation der Straßburger Geistlichen mit den Mönchen gehofft, welche sie gefangen mit sich führten; statt dessen wendete sich Butzer unmittelbar an die Bauern. Sein Wort blieb vergeblich. So wenig wie Luther und Carlstadt, so wenig vertrugen sich die Anschauungen Butzers mit denen der Bauern. Zur Lehre war es ohnehin zu spät, hier mußte die That helfen. Noch unterwegs faßten sie ihre Bedenken schriftlich ab, um ihren eigenen Standpunkt vor jeder Mißdeutung zu wahren; so liegen die Acten jenes vergeblichen Vermittelungsversuches im Stadtarchiv. Der Rath selber ließ die fünf seidenen Fähnlein, die die Bauern in der Stadt bestellt hatten, mit Beschlag belegen, und wenn einzelne vorwitzige Leute gegen die Wälle anliefen, so bekamen sie die Kunst der Straßburger Schützen zu schmecken; auch als die Rotte von Neuenburg direkt an die Zünfte der Metzger und Gartner in Straßburg geschrieben hatte und sie zum Eintritt in den Bund eingeladen hatte, wies der Rath diese Umgehung seiner Instanz mit herben Worten zurück, seinen Bür= gern aber gebot er, sich des Verkehrs mit den Bauern zu enthalten.

Inzwischen aber ritten des Raths Gesandte fleißig hin und her zwischen den Haufen und den Herrschaften, um einen leiblichen Frieden zu vermitteln. Am rechten Rheinufer gelang ihnen das. Dort lag damals Straß= burger Besitzthum in nicht unbeträchtlicher Ausdehnung, und um dieses Besitzes willen warf sich die Stadt Straßburg mit Markgraf Philipp von Baden zum Schiedsrichter auf zwischen den Haufen, die drüben bei Oberkirch lagerten, und ihren Herrschaften. Den Be= mühungen der Straßburger Gesandten Bernhardt Wormser und Caspar Romler war es hauptsächlich zu danken, daß dort ein Vertrag zu Stande kam, der zu Achern und Renchen verhandelt wurde. Auch dieser Vertrag blieb in der Folge nicht unerschüttert und unbestritten, aber er hielt sich doch und sicherte dem mittleren Schwarzwalde die friedliche Lösung, wenn auch keine billige Ausgleichung. Der trockene Geschäftston des Magistrats seinen Gesandten gegenüber wird sogar warm und herzlich, wenn er die Gesandten mahne, Alles zu thun, damit die armen Leute doch wieder zu ihren Weibern und Kindern kommen mögen. Damit würden sie Gott zuvörderst ein Wohlgefallen beweisen und den besondern Willen des Raths ausführen, und als es dann zum Aeußersten geht, schließt der Brief vom 20. Mai: „damit Gott, der Euch in seiner Hut haben wolle, befohlen".

Nicht immer war die Lage der Gesandten angenehm, so am 5. Mai zu Molsheim, wo die Abgeordneten aller unterelsässischen Haufen zusammengekommen waren. Die Herren von Straßburg mußten sich mit sammt dem

Landvogt Jacob von Mörsberg gefallen laſſen, daß man
ſie warten ließ, weil die Bauern bei Tiſche ſaßen, ſie
möchten ſich unterdeſſen auf die Holzblöcke an der Straße
ſetzen, bis der Ring der Abgeordneten geſchloſſen ſei.
Indeß wäre es irrig, wollte man um ſolcher Vorgänge
willen, den Führer der Bäuern, jenen Erasmus Gerber,
für den plumpen, hochmüthigen Bauern halten. Ich
finde einen Brief von ihm, in welchem er zu jenem
Molsheimer Tag einlädt und ſchließt: „Iſt auch unſer
freundlich Bitt, dieweil Euer Gnaden an alle Herrſchaften
geſchrieben hat, ſo zugehörig die Bauerſchaften des Neuen=
burger Haufens ſind und doch ſolche kein Tröſtung von
ihnen als wie die Haufen empfangen haben, auf das
förderlichſte ihnen zugeſchickt werde, den ein gemeiner
Haufen will gleichlich behandelt werden und vertröſt
ſein.“ Der Mann, der ſeine Leute ſo kannte, iſt offen=
bar mehr als der rohe Geſell, als welchen ihn die ge=
wöhnliche Darſtellung erſcheinen läßt. Trotz dieſer aus=
gebreiteten diplomatiſchen Thätigkeit des Magiſtrats wurde
derſelbe der eigentlichen Sorgen nicht los. Es laufen
Briefe ein von Schlettſtadt, ebenfalls mit Anfragen, ob
die Stadt Straßburg denn wirklich, wie das Gerede
gehe, zu den Bauern übergetreten ſei und andererſeits
läuft das Gerücht, die Bauern wollten mit geſammter
Kraft heranrücken, um die Güter der Geiſtlichen heraus=
zufordern, welche in der Stadt in Sicherheit waren. Zu
wiederholten Malen beruft der Magiſtrat die Schöffen, um
an ihnen eine Stütze zu haben. Zu wiederholten Malen
fragt er die auf den Zunftſtuben verſammelte Bürger=
ſchaft, ob ſie mit Ehre, Leib und Gut bei Meiſter und
Rath ſtehen wollten. Seltſame Antworten kamen dabei
zu Tage. Theodrius Wild von der Tucherzunft ſagt:
„Wir machen das Volk irre mit den vielen Anfragen;
ob denn nicht ein jeder weiß, was er geſchworen habe.
Das ſei nun das dritte Mal, aber er wolle bei ſeinem
Eide bleiben, den er meinen Herren geſchworen habe,

jedoch in so weit, als es nicht wider Gott und die brüderliche Liebe sei, auch müßte man einmal fragen, wessen man sich denn zu meinen Herren zu versehen hätte." Christman Kemlein von derselben Zunft sagte auch also und noch dazu „es stehe sein Gemüth nicht danach, die Bauern zu schlagen und wider sie zu sein, sofern sie rechts begehrten." Hier sind es nur einzelne Namen, die Gartner aber an der Krutenau erklären ein= stimmig, „zwar die Stadt wollten sie beschützen, aber das Gut der fremden Priester zu beschützen, wären sie keineswegs geneigt." Zu gleicher Zeit erwarteten die Bürger des Ungeltes, des Zapfens und des Halblinz= zolles lebig zu werden, d. h. also der Getränkesteuer, die schon damals die lästigste in Straßburg gewesen ist. Aber der Rath meinte ihrer in so beweglicher Zeit nicht entbehren zu können und so blieb das Ungelt; als ein dürftiger Ersatz wurde der Zoll im Fronhof, „so man von den Landlüten vnnd der essenden Speise em= pfangen", nachgelassen und 2000 Viertel Mehl zu dem billigen Preis von 6 Pfennige für den Sester an die bedürftigen Bürger abgelassen. Mit dieser Mehlspende hoffte man den unruhigen Kleinbürgern den Mund zu stopfen, aber auf alle Fälle rüstete man weiter, 500 Knechte wurden angenommen und aus der Schreibthätig= keit des Magistrats läßt sich deutlich ersehen, wie alle Erwartungen auf etwas ungewöhnliches gespannt waren, — da kam die Katastrophe. Herzog Anton von Lothringen vernichtete am 17. Mai 1525 bei Zabern den Haufen des Erasmus Gerber, am 20. Mai bei Scherrweiler, in der Nähe von Schlettstadt, die Schaaren des Wolf Wagner.

Dadurch zeichnet sich der elsässische Bauernkrieg aus vor allen übrigen Bauernkämpfen, daß er direct in die äußern Beziehungen des Reiches hineingreift und daß hier die erste Spur einer gewaffneten katholischen Reac= tion gegen die Reformation Luthers sich findet. Die

lothringischen Geschichtschreiber, Volcyr, Pillabius, Cal=
met, wissen nichts von Bauern, sondern von Luthe=
ranern, gegen welche Anton von Lothringen zu Felde
gezogen sei, und dieser selbst erklärt zu wiederholten
Malen, daß er um der heiligen katholischen Religion
willen zu Felde gezogen sei. Aber mehr noch. Anton
von Lothringen stammt aus dem Hause der Guisen. Sein
Bruder von Guise war Statthalter von Frankreich, das
damals mit dem deutschen Reiche in Krieg begriffen war
und dessen König Franz I. seit der Schlacht von Pavia
zu Madrid in Gefangenschaft war. Claudius von Guise
verschmähte die Gelegenheit nicht, die ihm anvertrauten
Provinzen zeitweilig mit seinem Heer zu verlassen, um
mit seinem Bruder den Einfall in das Elsaß zu unter=
nehmen; so gesellt sich zu der katholischen Politik der
Guisen noch die französische und der Einfall Franz von
Lothringens erscheint uns demnach in der Reihe der fran=
zösischen Invasionen im Elsaß und zu gleicher Zeit als
ein Act der katholischen Reaction, ein Ausfluß des ro=
manischen Geistes.

Hervorgerufen wurde das Eingreifen des Lothringers
durch die Besorgniß für die Ruhe seines eigenen Landes,
nächste Veranlassung war die Besetzung des Nonnen=
klosters Herbstheim und einiger lothringischer Waldstrecken
in der Richtung auf Saargemünd und Dieuze. Naiv
genug schickte Erasmus Gerber dem bereits in voller
Kriegsrüstung befindlichen Herzog die Aufforderung, dem
Bunde beizutreten. Der Herzog ließ den Boten, der
ihm den Brief gebracht, einfach köpfen und zog von
Vic aus, wo er am neunten Mai Musterung über sein
Heer hielt, ca. 30,000 Mann, französische und deutsche
Landsknechte, französische und lothringische Grafen und
Herren, darunter die beiden noch übrigen Brüder des
Herzogs, der Graf von Vaudemont und der Cardinal
Johann von Metz. So bewegte sich die an Zahl den
Bauern weit überlegene Armee auf Zabern los. Der

Geschichtsschreiber jenes Zuges, Volcyr de Seronville, war der Secretär des Herzogs; von ihm dürfen wir eine unparteiische Schilderung kaum erwarten, dafür zeigt er uns manches werthvolle Detail. Nur von einem weiß er nichts, was noch jetzt im Volksmunde lebt, von dem wunderbaren Sprung, den Herzog Anton mit seinem Pferd gethan haben soll. Der erste Anlauf war den Lothringern nicht günstig; ein Ritter Hans Braubach hatte sich erboten, mit 600 deutschen Knechten und 100 Pferden die Ketzer aus Herbstheim herauszuschlagen, statt dessen fiel er selbst in ihre Hände und erst ein Lösegeld von 2000 Gulden befreite ihn. Vor dem eigentlichen Heere aber zogen sich die Bauern in das Elsaß auf ihren Stützpunkt Zabern zurück, sie gaben die Pässe preis. Zabern hatte vor der Wahl gestanden, ob es die Bauern einlassen wollte oder die Lothringer, wie Herzog Anton ihnen das angeboten hatte. Volcyr sagt selber „parcequ'ils craignaient les moeurs et manières de faire des Gaux", so zogen sie es vor, die Bauern aufzunehmen. So kam das Heer über die Zaberner Steige herab. Das Bergschloß Hohbarr wurde von seiner bischöflichen Besatzung den Lothringern geöffnet und bot einen vortrefflichen Stützpunkt; bereits am 15. Mai wurden die ersten Schüsse gewechselt. Die Albanesen und Stradioten trieben einen Theil der Bauern in die Stadt zurück, am Thore selber aber büßte der Schützenhauptmann des Grafen von Guise sein allzu kühnes Vordringen mit dem Tode.

So kam der 16. und an diesem Tage erwarteten die Lothringer noch Verstärkungen von Straßburg, dem Bischof, dem Grafen von Bitsch und Anderen, es kamen aber nur Gesandte, welche von Straßburg wenigstens ausweichende und mißtrauische Antwort brachten. Fürchtete man doch daselbst, daß der Herzog etwas gegen die Freiheit der Stadt im Schilde führe. Der Morgen des 16. verging in Unterhandlungen, in Hin- und Herziehen und erst am Nachmittag 2 Uhr erfuhr man, daß in dem benachbarten Lupstein ein Trupp von etwa 4000 Bauern mit ziemlichem Wagentroß sei. Um sie an der Vereinigung mit dem Hauptheere der Bauern zu hindern, griffen sie die Prinzen von Guise und Vaudemont an. Im freien Feld verlieren die Bauern ihre Wagenburg, aber hinter den Hecken und Zäunen des Dorfes wehren sie sich mit Wuth. Erst als man Feuer an die Einzäunungen bringt, weichen sie nach der Kirche zurück, auch dies erst nach langem Kampfe. Hartnäckig vertheidigen sie sich auf dem Kirchhofe, und in den Flammen der Kirche und des Dorfes finden sie den Untergang; was da herauslaufen wollte, ward erstochen. Heute noch birgt das Beinhaus von Lupstein die Reste der Unglücklichen.

Schnell gelangte die Kunde nach Zabern. Ohne ausreichende Lebensmittel konnte sich das Hauptheer nicht mehr halten, niedergeschlagen war es überdieß durch die Vorgänge des vorhergehenden Tages, und so bachte Gerber an die Capitulation. Ohne Waffen, gegen Stellung von 100 Geißeln sollten sie freien Abzug in ihre Heimath haben. Gerber soll doppelzüngig auch nach andern Seiten um Hilfe unterhandelt haben. Diese Beschuldigung aus Feindesmunde scheint mir wenig passend zu dem Charakter des Mannes, der sich selbst als Geißel in die Hände des Feindes gab und der nachher den Tod mit solchem Mannesmuthe litt. Das Ganze scheint mir ersonnen, um die folgende Metzelei zu beschönigen, die selbst einem Pilladius aufs Gewissen fallen mochte. Genug, am Morgen des 17. ziehen die Bauern, den weißen Stab in der Hand, das Bündel auf dem Rücken durch die Gasse der Lanzknechte. Beim Auszug entsteht Streit. Ein Lanzknecht tastet nach dem Bündel eines Bauern, der antwortet, wie die französischen Berichterstatter wollen, mit dem Rufe Vive le gentil Luther oder Vive Jean Luther, wahr-

scheinlicher ist es, daß er mit einem derben Schimpf=
wort geantwortet hat: Pfui Schandluder! Da ruft
eine Stimme dazwischen: (Seronville meint, sie sei
gleichsam vom Himmel gekommen!): Schlagt zu, es ist
uns erlaubt! und das Wort ward zur schnellen That.
Eine Metzelei begann, die sich von dem freien Feld in
die Stadt hinein fortpflanzte und dort sich mit schmach=
voller Gewaltthat und Plünderung paarte. Ich will
gern der niedrigsten Angabe der Erschlagenen folgen:
16,000 Todte gibt Ulrich von Rappoltstein an, ich
möchte glauben, daß auch dies noch übertrieben ist und
die Zahl nur auf 10,000 setzen, sie ist auch so bar=
barisch. Erasmus Gerber wurde gefragt: ob er alle
seine Briefe anerkenne? er antwortete: ich habe sie nicht
geschrieben, denn ich kann weder lesen noch schreiben,
mein Schreiber hat sie aufgesetzt. Weiter: ob er sie
nicht wenigstens dictirt habe? Darüber sei Gott
Richter. — Eine Strecke weit schleppte man ihn noch
mit, dann wurde er an einer Weide aufgehängt;
das war die Erfüllung der Capitulation.

Voll Entsetzen schrieb der Magistrat von Straßburg
an seine Gesandten, nicht minder der von Basel, als
die Nachricht von der grausigen Schlächterei zu ihnen
kam. Aber noch war nicht alles geschehen. Der Herzog
wendete sich dem Süden zu, seinem Zuge folgten Wagen
mit gefangenen Weibern, andere mit der Beute von
Zabern beladen. So gings am Gebirge hin auf
Schlettstadt zu, wo hinter dem Landgraben bei Scherr=
weiler die Bauern des Oberelsaß zum großen Theil
sich verschanzt hatten, uneins in ihrem eigenen Lager.
Eine unsaubere Rolle spielt dabei nach dem Bericht des
Ekkard Wiegersheim der Vogt von Reichenweier, Se=
bastian Link, der die guten Leute verwirrt machte und
sie zuletzt im Stiche ließ. Ein Glück war's, daß erst
um 7 Uhr Abends die Schlacht entbrannte, 7000
Bauern gegen etwa 25,000 Lothringer. Scherrweiler
fiel brennend in die Hände der Landsknechte, die Bauern

weichen und nehmen auf freiem Felde zwischen Kästen=
holz und Scherrweiler, den Rücken gegen den Land=
graben gekehrt, den Kampf auf. Endlich fällt die Rei=
terei der Feinde in den Rücken des Bauernheeres und
umzingelt müssen sie in ihre Wagenburg weichen. Auch
die wird gesprengt durch die Italiener, die unter die
Wagen kriechen und sie mit dem Rücken emporheben,
dann brechen die feindlichen Reiter ein und um 10 Uhr
Nachts ist auch diese Blutarbeit gethan; 5000 Bauern,
3000 Herzogliche lagen auf dem Felde. Wäre es Tag
gewesen, es wären unser nicht 20 entkommen, erzählt
Eckard Wiegersheim.

Am nächsten Morgen feierte Anton von Lothringen
seinen Sieg durch die Hinrichtung von 300 Männern,
die er von Zabern her mit sich geschleppt hatte, dann
machte er sich auf den Heimweg durchs Weilerthal.
Obgleich man ihm sagte, die ritterliche Ehre verlange
es, daß er drei Tage auf dem Schlachtfelde warte, ob=
gleich er noch wenige Tage zuvor nach Baden und
Württemberg hatte ziehen wollen, entschloß er sich doch
zur Umkehr; er muß wohl bringenden Grund gehabt
haben, nicht noch weiter das Schlachtenglück zu ver=
suchen und die reiche Klosterbeute sammt dem Geschütz
der Bauern in Sicherheit zu bringen.

Soll ich Ihnen noch von dem Nachspiel erzählen,
von der Rache der kleinen Herren? von dem Straf=
gericht, das um der unseligen Halbkarthaune willen
durch den Kurfürsten von der Pfalz an Weißenburg ge=
nommen wurde? von den Hinrichtungen dort und
überall? Ich meine es sei genug des Blutes. Todten=
stille herrschte in dem Lande, ja wahrlich Todtenstille.
Von den Schlachtfeldern auf aber stieg ein Todeshauch,
der sich wie ein böser Mehlthau über die eben auf=
blühende Reformation legte und des besten Segens ver=
lustig, den es aus dem geistigen Aufschwung jener Tage
hätte ziehen können, ging das Land einer trüben Zu=
kunft entgegen.

Straßburg, Druck von J. Schneider (vormals Fr. Wolff).